LETTRE
DE
CATON D'UTIQUE
A CÉSAR.

A PARIS,
De l'Imprimerie de MICHEL LAMBERT
au Collège de Bourgogne, rue des Cordeliers.

M. DCC. LXVI.

et se vend chez M.r Panckouke
rue et à côté de la Comédie françoise (4)

H. Gravelot delin. M. Fessard Sculp.

LETTRE DE CATON D'UTIQUE A CESAR.

CATON est supposé écrire au moment où la Ville d'Utique est prête à se rendre, après avoir refusé les conditions de paix que César lui a fait offrir.

ROME va donc finir, & César en dispose !
Le Ciel a du Sénat abandonné la cause !
Dieu juste, qui veillez sur ce triste univers,
Vous laissez donc gémir la vertu dans les fers !
Toi, César, ébloui de ta fortune altière,
Et peut-être demain le front dans la poussière,

Dis, que t'auront produit tant de vastes projets ?
Pour regner un moment, tant d'illustres forfaits ?
Rien que le repentir qui suit toujours le crime.
L'homme est de sa grandeur instrument & victime.

Avant que le Soldat se dérobe au sommeil,
Qu'un nouveau jour amène un funeste réveil ;
Avant que le trépas me ferme la paupière,
Je te veux déclarer ma réponse dernière.
Cette Lettre bientôt déposée en tes mains
Du sujet de ma mort instruira les Romains :
Ils y verront pour eux ma tendresse & mon zèle,
Jusqu'où je fus pour Rome un Citoyen fidèle ;
Ils y verront dans toi l'infâme usurpateur
Qui, se parant des droits d'un généreux vainqueur,
Déchire sans remords le sein qui l'a fait naître,
Et, la foudre à la main, vient nous traiter en Maître.

Porte ailleurs tes traités & ta fausse amitié,
Caton n'est pas encor digne de ta pitié.
Qu'ai-je besoin de toi pour finir ma carrière ?
Pense-tu qu'à regret je quitte la lumière ?
De quel droit oses tu m'offrir la liberté ?
Me croirois-tu déjà sous ton autorité ?

Plus libre encor que toi, je brave ta puiſſance.
Tant que pour les Romains j'ai vû de l'eſpérance,
Juſqu'au dernier moment j'ai rempli mon devoir.
Aujourd'hui que leur ſort n'eſt plus en mon pouvoir,
Que mon bras ne peut plus délivrer ma Patrie,
Sans crainte & ſans regret je quitterai la vie.
Je ſuis maître à préſent de diſpoſer d'un bien
Qui n'étoit pas à moi quand j'étois Citoyen :
J'en devois à l'Etat un entier ſacrifice ;
Mais quand l'Etat n'eſt plus, la vie eſt un ſupplice.

Oui, Céſar, de mes jours éteignant le flambeau,
Ce fer va, malgré toi, me conduire au tombeau :
Ainſi le vrai Romain commande à la fortune,
Son ſort eſt de mourir pour la cauſe commune,
C'eſt celui des Héros. Dans mon deſtin fatal
Ne crois pas qu'imitant l'exemple d'Annibal,
Craintif & ſuppliant j'aille de ville en ville
Implorer chez les Rois un ſecours inutile :
Tu vois ces triſtes murs qu'environne le deuil,
Dont les débris ſanglants vont creuſer mon cercueil ;
De notre liberté c'eſt le dernier azyle.
Si le Sénat, ailleurs baiſſant un front docile,

Passe comme un troupeau sous le joug du Vainqueur,
Rome ici doit finir dans toute sa grandeur :
Je n'ai pû la sauver; j'aurai du moins la gloire
D'avoir jusqu'au trépas honoré sa mémoire.

Tu ne jouiras pas d'un triomphe si beau,
Quand tu viendras paroître aux portes du tombeau.
Un Citoyen ingrat qui trahit sa Patrie,
Meurt toujours dans l'opprobre & dans l'ignominie ;
Son nom est en horreur à la postérité.
Destructeur de nos Loix & de la liberté,
Toi-même tu seras la premiere victime
Des malheurs qu'en nos murs a fait naître ton crime.

Espere-tu regner sur ces braves Romains
Qui commandoient en Dieux aux restes des humains :
Ces maîtres des Mortels, aujourd'hui vils esclaves,
Sont trop dignes déjà de subir des entraves ;
Ils ont perdu l'honneur avec la liberté,
Et les biens les plus chers, la douce égalité,
Ce beau droit des humains donné par la Nature,
Du bonheur de nos jours la source la plus pure.
Ils ne sont plus Romains ; sous ton joug abbatus,
Se rappelleront-ils leurs premieres vertus,

Quand César donne ici des exemples funestes *
D'avarice, d'orgueil, d'assassinats, d'incestes ;
Quand c'est lui qui présente en spectacle à leurs yeux
Des forfaits les plus noirs l'assemblage odieux ;
Quand dans ses intérêts embrassant tous les crimes,
Il fait de ses amis ses plus sûres victimes ?
Plus cruels que le fer, l'exemple de tes mœurs
D'un peuple vertueux a corrompu les cœurs,
A dépravé son ame, énervé son courage ;
Cet avilissement, César, est ton ouvrage.

Vois les malheurs affreux où tu nous a plongés ;
Vois nos plus grands Héros par ton ordre égorgés,
Du sang de nos Soldats Pharsale encor fumante,
Par toi dans le Sénat la liberté mourante,
L'amour de la Patrie éteint dans tous les cœurs,
Et Rome, dans les mains d'indignes ravisseurs,

---

* César, le plus grand Capitaine du monde, le plus beau génie de son temps, étoit aussi l'homme le plus débauché qui fut jamais. C'est contre lui que Pétrone fit cette heureuse épigramme que tout le monde connoît.

Cette épigramme honteuse & diffamante dans un siécle où l'on auroit conservé quelqu'idée de la vertu, ne parut qu'une fine plaisanterie du temps de César, le plus éclairé peut-être de tous les siécles.

Se débattant encor ſur des débris en cendre
Que ſes bras affoiblis ne peuvent plus défendre;
Vois le Cultivateur tourner contre ſon ſein
Le fer qu'il apprêtoit pour un autre deſſein;
L'habitant déſolé des campagnes déſertes,
Chercher loin de ces lieux de plus ſûres retraites
Que le bras du Tyran ſoit forcé d'épargner.
Voilà le peuple heureux ſur qui tu vas regner.
Ainſi, Roi ſans honneur. Uſurpateur ſans gloire,
Tu verſeras bientôt des pleurs ſur ta victoire.

INSENSÉ, qu'as-tu fait ? C'eſt donc ton vain orgueil
Qui remplit mon Pays de triſteſſe & de deuil!
Toi ſeul as tout perdu. C'eſt la main d'un ſeul homme
Qui renverſe aujourd'hui la puiſſance de Rome:
Rome, auguſte ſéjour de tous ces demi-Dieux
Qui ſembloient au Sénat envoyés par les Cieux
Pour juger les Humains & graver dans nos Temples
Des plus hautes vertus les immortels exemples.
Pleure ſur la Patrie, & crains que l'avenir,
En gardant de Céſar un triſte ſouvenir,
Et de notre déſaſtre une image fidelle,
Imprime ſur ton nom cette tache immortelle.

Quoi!

Quoi ! pour te décorer des vains titres des Rois ;
Falloit-il donc brifer le joug facré des Loix ?
Falloit-il déchirer le fein de la Patrie ?
Rallumer le flambeau de cette guerre impie
Qui fait de Rome entiere un théâtre fanglant ;
Où chaque Citoyen, prodigue de fon fang,
S'égorge avec fureur, pour le choix de fes Maîtres ? *
Indigne d'un grand nom tranfmis par tes Ancêtres,
Falloit-il abufer de ces dons précieux,
De ces rares talens que t'ont donnés les Dieux,
Pour t'ouvrir jufqu'à nous, par la force des armes,
Des chemins teints de fang, arrofés de nos larmes ?

Je l'aurois pardonné au barbare Sylla ;
A ce Confpirateur, à ce Catilina,
D'ambition, de gloire, & de crimes avide,
Qui n'eut d'autre vertu qu'une audace intrépide ;
Téméraire Guerrier, Politique infenfé,
Hardi dans un projet qu'un fouffle a renverfé.

---

* Ces deux vers, pourra-t-on dire, font imités du grand Corneille, & fe trouvent à peu près les mêmes dans fon célèbre tableau *du Triumvirat.* Je répondrai à cela que l'impoffibilité d'enchérir fur les idées d'un fi grand Homme, doit faire pardonner l'imitation. Corneille, d'ailleurs, avoit puifé ces vers, & la tirade entiere, dans la Pharfale de Lucain, de qui j'ai auffi beaucoup emprunté.

Mais toi que la nature avoit fait un grand homme ;
Et, ſans doute, encor plus, un Citoyen de Rome,
Toi, dont le front eſt ceint de lauriers immortels,
A qui la République eût dreſſé des Autels,
Qui ſemblois dans les camps prononcer des oracles,
Aux Soldats étonnés commander des miracles,
Lorſqu'à ta voix créant des élémens nouveaux,
Ils voyoient des forêts s'élever ſur les eaux,
Leur frayer des chemins & des routes nouvelles ;
Toi, dont l'œil aux Guerriers ſembloit donner des aîles ;
Qu'on voyoit comme un aigle au milieu des combats
Voler, vaincre, abaiſſer les Alpes ſous tes pas :
Tu n'as donc fait agir l'ardeur de ton génie,
Que pour briguer l'honneur d'aſſervir ta Patrie ?

Cieux ! quels ſeroient, Céſar, ta gloire & ton bonheur,
Si, moins ambitieux, plus généreux vainqueur,
Tu fuſſes revenu, portant ſur ton viſage,
Des douceurs de la Paix le fortuné préſage !
Alors, chacun de nous te plaçant dans ſon cœur,
T'auroit nommé ſon Pere & ſon Libérateur.
Quel triomphe pour toi ! Quelle moiſſon de gloire
Tu perds en abuſant des droits de la victoire !

As-tu vû des Romains tendre vers toi les bras,
S'empreſſer à courir au-devant de tes pas ?

Aucun ſignal de joie, aucun cri d'allégreſſe
N'a fait à ton retour éclater leur tendreſſe;
Les yeux baiſſés, ſaiſis d'une ſombre terreur,
Ils t'ont reçu bien plus en tyran qu'en vainqueur.

Triste & funeſte objet de terreur & de haine,
Crois-moi, ne brigue plus la grandeur ſouveraine.
Que font au vrai Héros ces rangs, ces dignités,
Ces titres de grandeur par l'orgueil enfantés,
Pour nourrir des Humains la honteuſe foibleſſe?
L'obſcurité du rang ne fait pas la baſſeſſe.
Quand Sylla deſcendit du pouvoir ſouverain,
En parut-il moins grand chez le peuple Romain?
Le jour qu'il ſe ſoumit aux pieds de la Patrie,
Ce jour fut pour Sylla le plus beau de ſa vie:
Imite-le, Céſar. Plus Citoyen que lui,
Fais oublier ton crime, & deviens notre appui.

Un Romain s'avilit à briguer la Couronne.
Qu'a donc de ſi flatteur la Majeſté du Thrône?
Souviens-toi du mépris qu'en faiſoient nos Ayeux.
En étoient-ils moins grands, étoient-ils moins heureux?
L'un quittant, à regret, ſa cabane ruſtique,
Eſt élu, malgré lui, Chef de la République;

Y ramene le calme, & par de sages Loix,
Du Peuple, du Sénat, fixe, établit les droits,
Et revient cultiver son paisible héritage.
L'autre, chez l'Ennemi se donnant en ôtage,
S'arrache, (ô noble effort !) des bras de ses enfans,
Pour s'aller dévouer aux plus affreux tourmens.
Un autre près des murs de sa Ville allarmée,
Sur son dernier rempart seul arrête une armée,
S'affoiblit; le rempart par son ordre est brisé,
Et vainqueur, il périt sous le pont écrasé *.

Ces Héros immortels de notre République,
Valoient bien l'assiégeant & le Vainqueur d'Utique.
Ils mouroient pour venger l'honneur du nom Romain.

Oh ! que n'ai-je en Libie achevé mon destin ! **
Dans cet affreux climat, désert de la nature,
Des Hydres, des Aspics devenu la pâture,

---

* Comme une Brochure tombe dans la main de tout le monde, il est, je crois, à propos de prévenir le commun des Lecteurs que c'est de Cincinnatus, de Regulus, & d'Horace Coclès dont il est ici question. *Voyez l'Hist. Rom.*

** Il faut lire la description du Voyage de Caton en Afrique, dans le neuviéme Livre de la Pharsale de Lucain, Auteur dont les beautés sont trop peu connues, & dont M. Marmontel doit bientôt donner une traduction. Lucain préfére ce Voyage aux plus belles actions, aux plus grands triomphes :

Je ſerois mort heureux ſur des ſables brûlans,
En proie à la fureur des Monſtres dévorans,
J'euſſe eſſuyé l'aſſaut que me livroit leur rage,
Ces dangers, ces combats plaiſoient à mon courage :
Fuyans loin de Céſar, l'eſclavage & les fers,
Mes Compagnons, & moi, nous bravions l'Univers ;
Nous marchions au milieu des foudres, des tempêtes,
Des tourbillons de ſable élevés ſur nos têtes.
Dieux ! qui m'avez ſauvé des maux que j'ai ſoufferts !
N'ai-je donc eſſuyé les plus affreux revers,
Ne m'avez-vous laiſſé ma languiſſante vie
Que pour voir en ce jour expirer ma Patrie ?

Quoi, tout eſt ſubjugué ! Quoi, Rome, tu n'es plus !
De quoi donc t'ont ſervi tes ſublimes vertus ?

Quis marte ſecundo,
Quis tantùm meruit populorum ſanguine nomen ?
Hunc ego per ſyrtes, Lybiæque extrema triumphum
Ducere maluerim, quam ter Capitolia curru
Scandere Pompeii, quam frangere colla Jugurthæ.
Ecce parens verus Patriæ, digniſſimus aris
Roma tuis, per quem nunquam jurare pudebit Luc. lib. IX.

La plus grande autorité que l'on puiſſe citer en [illegible] de [illegible]ain, c'eſt celle de Corneille, qui toute ſa vie fit de c[illegible]te ſon étude & ſes délices.

Et vous ses Défenseurs, intrépide Camille,
Généreux Fabius, immortelle Famille,
Dont les noms sont transmis à la postérité,
Et vous, premiers auteurs de notre liberté,
Brutus & Décius, pour qui sont vos conquêtes?
Pour qui dans les combats exposiez-vous vos têtes?
Qu'est devenu le fruit de vos exploits guerriers?
Sur nos fronts un seul homme a flétri vos lauriers.
Il abuse des droits que donne la victoire,
Des Romains ses ayeux il détruit la mémoire.
Ce n'est plus, de la guerre affrontant les hazards,
L'intrépide Gaulois renversant nos remparts;
Ce n'est plus Annibal assiégeant nos murailles;
Rome, c'est un enfant sorti de tes entrailles;
C'est un Fils en fureur armé contre son sang;
Un Fils que la Nature a puisé dans ton flanc;
Le plus grand des Romains, & l'unique peut-être!
Que l'on eût pris pour Roi, s'il n'avoit voulu l'être.

COMMENT as-tu perdu ton ancienne splendeur,
Rome, qu'est devenue ta superbe grandeur!
Est-ce toi que je vois... tremblante... consternée!
De lugubres cyprès ta tête est couronnée!

Tes cheveux ſont épars ſur ton ſein déchiré...
Tu n'offres à mes yeux qu'un corps défiguré,
A tes pieds eſt couchée l'Aigle de la victoire ;
Cette Aigle qui jadis ſymbole de la gloire.. !
Dieux ... quels triſtes regards tu fais tomber ſur moi... !
Un citoyen barbare eſt armé contre toi ;
Il va livrer tes murs aux flammes, au pillage.
Rome... des pleurs de ſang inondent ton viſage !
Ah ! Céſar, crains enfin que le ciel outragé
D'un ſi noir attentat ne veuille être vengé ;
Arrête, arrête toi ſur le bord de l'abîme,
Encor un pas de plus devient un plus grand crime.

Hélas ! tes cruautés coûtent aſſez de pleurs ;
Depuis aſſez long-tems nourris dans les douleurs,
Nos peres, nos enfans, nos femmes gémiſſantes,
Et ſous nos toîts briſés nos meres expirantes,
De la guerre civile éprouvent les effets ;
Par un retour heureux termine tes forfaits.
Arrête, arrête toi ſur le bord de l'abîme ;
Un pas de plus, Céſar, devient un plus grand crime.

Mais où m'emporte, hélas ! mon zèle & mon ardeur ?
Va, je connois trop bien les replis de ton cœur ;

Jamais un repentir n'eſt entré dans ton ame,
La ſeule ambition te dévore & t'enflâme;
Tu cours en furieux où t'appelle ſa voix,
Et foulant ſous les pieds les plus ſaintes des Loix,
A travers les débris tu te fais un paſſage,
Tu t'applaudis encor des ſuccès de ta rage.

Quels combats! Quels ſuccès! & cependant... Céſar..
Il triomphe aujourd'hui! .. tout ſuit ſon heureux Char...
Où donc de la vertu ſera la récompenſe?
Pardonne, juſte Ciel! un doute qui t'offenſe,
Je la porte en mon cœur . . . Vertu, c'eſt ton flambeau,
Qui me fait ſans horreur entrevoir le tombeau,
C'eſt toi, qui m'élevant au-deſſus de moi-même,
Me rapproches des Cieux. C'eſt ton être ſuprême,
Qui ſeul me ſoutenoit au milieu des revers,
Qui me faiſoit braver l'infortune & les fers,
Qui m'aidoit à porter le fardeau de ma vie.
C'étoit toi, qui dans moi, défendois ma patrie,
Qui faiſois autrefois ma gloire & mon bonheur;
Avec elle, Céſar, je bravois ta fureur,
Avec elle aujourd'hui je brave ta préſence;
Je foule aux pieds tes Loix & ta vile puiſſance.

Adieu, je t'abandonne à ton destin pervers.

Caton n'a plus besoin sur ce frêle Univers,
Où de l'homme de bien la présence importune
Est menée en victime au char de la fortune ;
Où le vice insolent s'égale à la vertu,
Où tu tiens le Sénat sous ton joug abbatu.
Tout languit ici-bas, ou vit dans la poussière,
D'une obscure prison franchissons la barrière.
Puisque la mort pour nous est l'instant du réveil,
Pourquoi rester plongé dans un honteux sommeil ?
Pourquoi nourrir toujours une lâche espérance ?
L'Eternité, sans doute, est notre récompense.
Eh bien, qu'attendons-nous ?.. Pleine d'un doux transport,
Mon ame, vers le Ciel, va prendre son essor,
Et brûle de se joindre au Dieu qui vit en elle.
Je te laisse, César, ma dépouille mortelle.
Le coup part... & déjà se découvre à mes yeux
L'immense Eternité... je vois... s'ouvrir les Cieux.

J'entre... dès ce moment... dans une autre carrière;
Tous mes sens... sont nouveaux... un nouveau jour m'éclaire...

COUVRE à présent la mer d'innombrables... vaisseaux....
Invente... contre moi... des supplices... nouveaux...
L'approche des... Tyrans, ici n'est plus à craindre.
Mon sort... est dans mes mains... César seul est à plaindre.

PEUT...-ETRE... sur un coin... de ce monde... arrêté,
Il s'éleve... un... ven...geur de notre... liberté.
Peut...-être de Bru...tus l'a...me y res..pi..re en..core.
Je vois.. fuir.. de..vant.. moi ce glo..be que j'ab..horre,
Où.. se traî..ne.. en pleu..rant la ver..tu sans.. ap..pui,
Où.. tri..om..phe le cri..me, & César.. av..ec lui.
Je... sens.. la.. mo..rt.. er.. rer.. sur.. ma.. foi..ble pau..piere..
Et.. mon.. œil.. sans.. regret se ferme à la lumiere.

L'HÉROÏDE délaissée depuis Ovide semble sortir aujourd'hui de l'oubli auquel on l'avoit condamnée. Elle reparut en France sous le siècle de Louis XIV, mais avec peu de succès. Ce fut la faute de ceux de nos Poëtes qui voulurent emprunter ce langage.

L'illustre Fontenelle, qui en fit aussi quelques-unes, à l'imitation d'Ovide, ne réussit pas mieux que les autres. Nous doutions enfin que ce genre de Poësie fût susceptible de grandes beautés quand M. Colardeau fit paroître sa Lettre d'Héloïse.

La plûpart de celles que l'on a données depuis, méritent sans doute les suffrages du Public. Mais il semble que l'on attende davantage de la part des Auteurs qui ont enrichi la Littérature de cette sorte d'Ouvrages.

Parce qu'Ovide a consacré l'Héroïde à la tendresse, est-il dit qu'il faille suivre son exemple,

& la reftreindre dans ces bornes étroites ? Notre Poëfie s'eft affez occupée de l'amour. Rien de neuf, ce me femble, ne refte à écrire fur ce fujet.

La Lettre héroïque annonce par fon titre feul qu'elle doit être l'interprête des Héros; que c'eft leur langage qu'elle doit parler, leur ame qu'elle doit peindre, leurs actions qu'elle doit mettre en tableaux & en récits. Qu'aux fujets Romanefques, aux perfonnages imaginaires, on y fubftitue les Héros dont l'Hiftoire nous a tracé les caractères, nous a tranfmis les grandes actions; & l'Héroïde alors fera ramenée à la vérité de fon nom.

D'après ces réflexions, j'entrepris de faire parler Caton. Echauffé par l'idée que je me fuis formée d'un Héros dont nos Auteurs célèbres auroient bien dû faire revivre la mémoire, je confultai bien moins mes forces que la beauté du fujet qui m'entraînoit.

Quiconque s'eft fait une heureufe habitude de

réfléchir ſur des objets capables d'élever l'ame, & de la fortifier, eſt ſaiſi de je ne ſçais quel enthouſiaſme au ſouvenir des anciens Romains.

Quelles Mœurs ! Quelles Loix ! Quel Gouvernement ! jamais le ſeul amour de la Patrie n'enfanta de ſi grands prodiges ; jamais aucune Nation du monde ne connût mieux les droits de l'homme & de la liberté ; l'empire que doit avoir le courage & la fermeté, ſur ce qui n'eſt que riche & opulent. *L'or & l'argent s'épuiſent* , dit un homme célèbre , *mais la modération , la conſtance & la vertu ne s'épuiſent jamais.* Des hommes de cette trempe , vivant ſous le Gouvernement le plus ſévère, le plus vigoureux qu'on ait jamais vu , devoient néceſſairement l'emporter ſur toutes les Nations de l'Univers.

Il n'eſt point de force humaine qui tôt ou tard ne doive céder à l'ardeur d'un grand courage animé par l'amour de la liberté (1). Aussi cette noble passion avoit suffi pour anéantir chez les Romains les prérogatives de la naissance. Ils sçavoient distinguer la véritable grandeur, de celle que l'on attache aux richesses & à la dignité.

Ce n'est qu'à nos vicieuses institutions qu'il étoit reservé d'apprendre aux hommes puissans l'art de vivre avec honneur, sans le secours de la vertu. Dès que l'Empire Romain s'aggrandit, se fortifia, le peuple aspira à partager avec les Nobles, les honneurs de la Magistrature, & il travailla avec un zèle incroyable à s'en rendre digne.

Les Nobles alors ne l'emportoient sur le Peuple que par l'éclat d'un mérite supérieur.

Quelle foule de grands hommes devoit produire une si sublime émulation! Que l'on compare

---

(1) Il n'y a rien de si puissant qu'une République où l'on observe les Loix, non pas par crainte, non pas par force ou par raison, mais par passion, comme furent Rome & Lacédémone. *Cons. de Montesq.*

à cette occaſion la forme de nos Gouvernements modernes & ſes effets avec celle de l'ancienne Rome, & d'abord l'on découvrira la ſource des abus qui infectent nos inſtitutions civiles.

Chez les Grecs, chez les Romains, la baſe & la ſûreté des Loix, c'étoit le zèle, l'attachement que le Peuple avoit pour une Patrie qui lui conſervoit ſes droits d'homme & de citoyen, qui ne lui permettoit que des exercices nobles (1), qui lui laiſſoit partager les honneurs, qui promettoit des triomphes, des récompenſes à ſes vertus. Ce fut dans le ſein même de ſa Patrie que ce Peuple puiſa ſon premier caractère de grandeur; au lieu que de nos jours l'émulation des grandes choſes eſt en pure perte pour l'Etat, & même ſe trouve nuiſible au Citoyen qui la poſſéde; à

(1) Les Citoyens Romains regardoient le Commerce & les Arts comme des occupations dignes des Eſclaves. Ils ne les exerçoient point. S'il y eut quelques exceptions, ce ne fut que de la part de quelques Affranchis, qui continuoient leur premiere induſtrie. *Conſ. de Monteſq.*

moins que concentrant ſon être dans la jouiſſance des abſtractions morales, il ne paſſe ſa vie à méditer ſur les moyens d'éclairer les hommes, de les rendre meilleurs & plus heureux : encore ne peut-il ſe flatter qu'on lui permette cette exiſtence philoſophique.

Le Peuple Romain né fier & pour commander, ſentoit trop ce que des hommes doivent à d'autres hommes, pour ſe laiſſer ſubjuguer par ſes Patriciens. Tout chez lui ſe reſſentoit de cette élévation de ſon caractère, juſqu'à ce Sexe timide à qui la Nature ſemble n'avoir laiſſé en partage que ſes agrémens & ſa foibleſſe (1).

(1) A Rome le ſiége de la gloire & de la vertu, ſi jamais elles en eurent un ſur la terre. Les Femmes y honoroient les exploits des grands Généraux, pleuroient publiquement la perte de l'Etat. Leurs vœux ou leurs deuils étoient conſacrés comme le plus ſolemnel jugement de la République. A Rome, toutes les grandes révolutions vinrent des Femmes. Par une Femme, Rome acquit la liberté ; par une Femme, les Plébeïens obtinrent le Conſulat ; par une Femme finit la tyrannie des Décemvirs ; par les Femmes, Rome aſſiégée fut ſauvée des mains d'un Proſcript. *J. J. R.*

Enfin,

Enfin, après avoir essuyé les diverses fortunes, & donné dans toutes des exemples de valeur & de vertus, après être parvenus à un point de grandeur auquel on n'auroit pas cru avant eux qu'il fût permis d'atteindre, les Romains commencerent à décliner ; on eût dit, qu'arrêtés tout à coup dans leur marche rapide, ils avoient été forcés par les Dieux de mettre des bornes à une puissance qui les offensoit.

Deux Hommes s'éleverent, nés tous deux avec de grands talents, mais dont la rivalité fatale annonçoit la ruine de la République. Tous deux enseignerent les premiers à violer l'azile de la liberté. L'intérêt personnel qu'on commençoit dès-lors à préférer au bien public, l'amour de la Patrie : ce germe de tant de vertus qui s'éteignoit, laissoit Rome à découvert. (1).

---

(1) *Id quoque accessit ut sævitiæ causam avaritia præberet, & modus culpæ ex pecuniæ modo constitueretur, & qui locuples fuisset, fieret nocens, suique quisque periculi merces foret.* Vell. Pat.

Le luxe, le faste, l'avarice, le goût des superfluités, la foule des petites passions qui rendent l'ame étroite & barbare, qui multiplient des besoins dont l'homme devient le premier esclave, porterent par-tout le désordre & la contagion. Les abus se multiplierent, les Charges devinrent vénales; on vit les mains du crime acheter au prix de l'or ce qui n'est dû qu'à la vertu.

A Marius, à Sylla, succéda un homme plus dangereux encore, qui se fraya par la souplesse & l'activité de son génie, une route nouvelle dans la carrière de l'ambition, & laissa loin de lui ses Concurrens & ses Rivaux.

Alors, mais trop tard, parut Caton, le seul Citoyen qui ne voulut point survivre à la République, & le plus grand qu'elle ait jamais eu,

---

Nam ut quisque domum aut Villam, postremo aut vas, aut vestimentum alicujus concupiverat, dabat operam ut in his proscriptorum numero esset. Neque prius finis jugulandi fuit, quam Sylla omnes suos divitiis implevit.

Sall. Bell. Cap.

ſi la connoiſſance, ſi l'exercice de tout ce que la vertu morale & politique ont de plus ſublime doivent l'emporter dans l'opinion des hommes ſur les talents d'un grand Capitaine & d'un habile Uſurpateur.

Les beaux ſiécles de la Grece & de Rome avoient produit de fameux Citoyens, qui expoſoient leur vie pour l'Etat ; mais ſouvent cet héroïſme tenoit à des foibleſſes qui les rapprochoient de l'humanité. Athènes avoit vû naître le plus doux, le plus vertueux des hommes ; mais deſtiné à vivre dans une condition privée, il avoit du moins joui, à l'ombre d'une morale douce & ſublime, du bonheur d'un Sage, juſqu'au moment où il eut l'honneur de mourir victime de la vérité.

Au lieu que Caton, élevé par ſa naiſſance aux premieres Charges du Gouvernement, dans les temps les plus orageux, ſe trouva expoſé dès ſa jeuneſſe à faire l'épreuve de ſon courage.

Les premiers ſentimens qui ſe développerent en lui, furent un attachement inviolable pour ſa Patrie, & un penchant invincible qu'il conſerva toute ſa vie pour la vertu. Il s'y livra avec une ardeur & une conſtance admirable, quoiqu'il fût pernicieux alors de montrer des qualités qui portoient ombrage aux obſcurs intérêts du crime. Avec autant de ſageſſe que Socrate, il avoit une ame plus ferme & plus ſévère encore. Il falloit bien qu'un Homme ſi parfait fût le Diſciple le plus illuſtre de cette Secte admirable qui avoit ajoûté un nouveau luſtre à l'humanité (1).

Malheureuſement pour la République, Caton étoit au-deſſus de ſon ſiécle : Rome, alors gouvernée par la baſſeſſe & par l'intrigue, n'eût point encore péri; mais il dédaigna les reſſources que lui offroit la politique du temps, & ne voulut point à ce prix gagner ſur les Tyrans de

(1) Le Stoïciſme.

l'Etat une victoire qu'il vouloit ne devoir qu'à la belle cause pour laquelle il combattoit.

Ainsi dans les troubles civils, quand la puissance & le crime combattent contre la vertu, les armes sont inégales, & la vertu doit succomber. Cependant ces seules armes, (tant étoit grande la réputation qu'il s'étoit acquise par l'intégrité de ses mœurs) lui suffirent pendant long-temps pour repousser les efforts d'un nombre d'ennemis dont il fut sur le point de triompher.

Sans doute qu'avec des principes moins austères il auroit sauvé Rome (1) ; voilà la seule faute qu'il fit envers elle : faute sublime ! qui dut coûter à son cœur un grand sacrifice, & par

---

(1) Je crois que si Caton s'étoit réservé pour la République, il auroit donné aux choses un autre tour. Chez lui l'accessoire étoit la gloire, il s'oublioit toujours, & ne vouloit sauver la République que pour elle-même.

Conf. de Montesq.

laquelle il s'eſt aſſuré une gloire immortelle. Manquer ainſi, c'eſt le dernier terme de la ſageſſe humaine. Dans un ſiécle moins corrompu que celui où il vivoit, c'eût été un ſpectacle digne de lui gagner les cœurs & la victoire, de voir un homme, dont la conſtance étoit d'un Dieu, refuſer de vaincre ſans la vertu, vouloir n'oppoſer que la juſtice & ſon courage aux armes des ambitieux Uſurpateurs dont la République étoit aſſiégée.

Mais au contraire, tout changea à leur aſpect, aucun Romain ne ſe ſouvint, que le ſeul amour de la vertu avoit fondé, avoit aggrandi, & ſouvent même avoit ſauvé la puiſſance de Rome; ſes meilleurs Citoyens l'abandonnerent à ſon infortune. Caton ſeul inébranlable ſur ſes ruines, ſembloit encore au dernier ſoupir un Dieu qui lançoit la foudre.

Jamais mortel ne ſe montra plus grand, exempt de toute foibleſſe humaine. On pourroit dire en ſe rappellant ſa mémoire, ſans doute, les Dieux ne l'avoient diſtingué de la chaîne commune des Etres, que pour montrer aux hommes juſqu'où peut s'élever l'humanité.

De la juſtice, de la douceur, de la conſtance, de la fermeté, de la grandeur, de toutes les vertus enfin, il fut l'image vivante; & ſera toujours aux yeux de la poſterité le modèle le plus parfait dont le Ciel ait fait préſent au monde. Un ſacrifice entier de ſoi-même, des dignités, de la fortune, une exiſtence toute conſacrée au ſervice de ſa Patrie, au bonheur des hommes, malgré les dangers, les combats, les perſécutions qui trouverent ſon ame conſtamment inacceſſible à ce choc aveugle des viciſſitudes humaines. Telle fut ſa vie ſur la terre.

Mais pardonne, ô Caton! ſi le cœur embraſé par le ſouvenir de tes vertus, j'oſai, un moment, oublier ma foibleſſe, & me croire l'interprète de ton ame ; pardonne, je ne profanerai pas ta mémoire par un éloge plus étendu : » *A ton nom* » *ſaint & auguſte, tout ami de la vertu doit* » *baiſſer le front dans la pouſſiere, & honorer en* » *ſilence la mémoire du plus grand des hommes.*

ERRATA.

Page 5, vers 20, creuſer, *liſez* couvrir.

Page 8, vers 5 & 6, *liſez* :

De nos champs déſolés l'habitant qui s'exile
Sous un autre climat chercher un sûr azyle, &c.

Page 9, vers 13 & 14, *liſez* :

Je le pardonnerois au barbare Sylla,
A ce Conſpirateur, ce fier Catilina, &c.

Page 10, vers 15 ; *liſez* :

Quels ſeroient, ô Céſar, ta gloire & ton bonheur, &c.

Page 14, vers 19 & 20, *liſez* :

Comment as-tu perdu ton ancienne ſplendeur ?
O Rome, que devient ta ſuperbe grandeur, &c.

Page 15, vers 3 & 4, *liſez* :

A tes pieds eſt couché l'Aigle de la victoire,
Cet Aigle qui jadis, &c.

www.ingramcontent.com/pod-product-compliance
Lightning Source LLC
LaVergne TN
LVHW050505160826
845677LV00003B/946